Mes Cop's

13. Seum sur Terre

Scénario
Christophe Cazenove

Dessins
Philippe Fenech

Couleurs
Annelise Sauvêtre

BAMBOO ÉDITION

PREMIÈRE ÉDITION - Dépôt légal : octobre 2021 - ISBN : 978-2-8189-8644-8
Imprimé et relié en France par PPO Graphic, 91120 Palaiseau

Pour être alerté de la sortie du prochain album, rendez-vous sur **www.bamboo.fr/alerte-nouveaute**

PEFC 10-31-1800 / Certifié PEFC / Ce produit est issu de forêts gérées durablement et de sources contrôlées / pefc-france.org

Sarturday night fit peur

MURIELLE, SOIRÉE CINÉ CHEZ MOI APRÈS-DEMAIN !
GÉNIAL !
HOULA NON ! PAS GÉNIAL ! PAS GÉNIAL DU TOUT !
POURQUOI ? T'ES PRISE ?
ÇA TOMBE UN VENDREDI 13, JESS !
ET ? TU PRÉFÈRES UN JEUDI 12 ?
MAIS ENFIN, C'EST ARCHI CONNU QUE LES VENDREDIS 13, IL NE SE PASSE QUE DES TRUCS BIZARRES ! C'EST UNE DATE MAUDITE ! T'AS QU'À ALLER VÉRIFIER SUR LE NET SI TU NE ME CROIS PAS !
NAAAN? T'ES PAS SÉRIEUSE, LÀ ?
DIS-LUI, MÉLANIE, QU'ON N'ORGANISE JAMAIS RIEN UN VENDREDI 13 ! C'EST OBLIGÉ QUE ÇA SE FINISSE PAR UN CATACLYSME, UN MEURTRE OU UNE BAGARRE GÉNÉRALE !
BOF, J'SUIS PAS SUPERSTITIEUSE, TU SAIS.
HÉ, FLIPGIRL, MA SOIRÉE C'EST SAMEDI 13 ! ALORS ARRÊTE AVEC TES DÉLIRES !
OH ? POUR DE VRAI ?
OUPS, J'AVAIS LOUPÉ UN JOUR...
TU VIENDRAS ALORS ?
SÛREMENT PAS ! SI LE VENDREDI 13 TOMBE UN SAMEDI, C'EST PIRE QUE TOUT !!!

La preuve par meuf

AH, ELLE EST ICI ! LA JESS ! MADAME JE-ME-MOQUE-DES-SUPERSTITIONS !!!
EST-CE QUE TU CONNAIS LA DATE EXACTE DU JOUR OÙ BETTY A EU SON ACCIDENT QUI L'A OBLIGÉE À MARCHER AVEC UNE BÉQUILLE PENDANT DES ANNÉES ? HMM ? DIS-LUI, BETTY !
C'ÉTAIT UN VENDREDI 13, MAIS ÇA AURAIT TOUT AUSSI BIEN PU ARRIVER UN AUTRE...
JAMAIS DE LA VIE ! C'ÉTAIT ÉCRIT !!! J'AI FAIT DES RECHERCHES DE MON CÔTÉ !
RIEN QUE DANS MA FAMILLE, MON GRAND-PÈRE S'EST FAIT PIQUER SON TRACTEUR UN VENDREDI 13, MA MÈRE A FAIT BRÛLER NOTRE CUISINE, MA TANTE S'EST RETROUVÉE COINCÉE DANS SES TOILETTES... JE CONTINUE ?!
ET TU OSERAIS ME SOUTENIR TOI AUSSI QUE CE JOUR-CI EST UN JOUR COMME LES AUTRES ?!!
POC
POC
NON... D'ACCORD... IL Y A PEUT-ÊTRE DES DATES QUI PORTENT MALHEUR... J'EN SAIS RIEN, EN FAIT.
AH, QUAND MÊME !
ÇA FAIT PLAISIR !
TU VOIS BIEN, JESS, MÊME BETTY SE REND À L'ÉVIDENCE !
ET CE JOUR QUI PORTE MALHEUR, C'EST LEQUEL MA BETTY ?
?
TAP
... CELUI OÙ JE T'AI RENCONTRÉ !

Billevesées

WAOUH, T'AS L'AIR TENDUE, CHRISTY !
TU M'ÉTONNES ! Y AVAIT "PLÉTHORE" DE GENS DANS LE BUS !
MOI PAREIL ! J'ÉTAIS COLLÉE À LA VITRE ! HEUREUSEMENT ELLE ÉTAIT "PELLUCIDE", ALORS J'AI PU REGARDER UN PEU LE PAYSAGE !
PELLILU QUOI, JESS ?
C'EST VRAI QUE TU N'ES PAS DANS LA BOUCLE, LALY ! ON S'EST LANCÉ UN DÉFI AVEC LES COP'S !
CHAQUE JOUR ON SORT UN MOT COMPLIQUÉ OU OUBLIÉ, UHUH !
D'AAACCORD !
SCUSEZ DU RETARD, LES COP'S ! J'AI UNE VRAIE "ASSUÉTUDE" À LA LECTURE, UHUH !
COMMENT ÇA "ASSUÉTUDE" ?
C'ÉTAIT MON MOT, "ASSUÉTUDE" !
AH OUAIS ? GENRE C'EST TOI QUI L'A INVENTÉ ET T'ES LA SEULE À POUVOIR T'EN SERVIR ?
JE SAIS ! TU L'AS VU QUAND JE L'AI ÉCRIT SUR MON POIGNET POUR NE PAS L'OUBLIER ET TU ME L'AS PIQUÉ ! C'EST MOCHE DE FAIRE ÇA !
J'AI PAS BESOIN DE TON POIGNET ! J'AI UN DICO MOI, ILLETTRÉE !!!
... ET CHAQUE JOUR ELLES DISENT UN MOT INCONNU ET S'ENVOIENT DES GROS MOTS ! C'EST UN DÉFI !

CINÉMA
NÉMA
OSS 117
LES COP'S AVAIENT RAISON, CE FILM EST BÉTON !
VOUS VOUS RENDEZ COMPTE QUE CELLE QUI JOUE MINDI A NOTRE ÂGE ?
DINGUE ! ELLE EST CONNUE GENRE DANS LE MONDE ENTIER, QUOI !
MYSTERY GIRL
QU'EST-CE QU'IL FAUT FAIRE POUR DEVENIR UNE VEDETTE COMME ELLE, À VOTRE AVIS ?
BEN DÉJÀ C'EST UN VRAI GROS BOULOT !
VU QU'ELLE SORT AU MOINS TROIS FILMS PAR AN, ELLE DOIT CONSACRER TOUT SON TEMPS À SA CARRIÈRE !
C'EST LÀ OÙ J'AURAIS DU MAL, MOI !
TU DOIS SUIVRE DES COURS DE COMÉDIE, DE CHANT, DE DANSE... PAS PRENDRE UN MICROGRAMME, SOIGNER TES DENTS, TA COIFFURE ... ZÉRO DÉFAUT, QUOI !
PUIS T'ES JAMAIS CHEZ TOI !
TU COURS D'UN PAYS À L'AUTRE, ET QUAND T'ES PAS EN TOURNAGE À TRAVERS LE MONDE, TU TE TAPES TOUS LES PLATEAUX TÉLÉ ET RADIO POUR FAIRE LA PROMO !
TU NE VOIS PLUS TES COP'S !
?
ET COMME ÇA, D'UN COUP, VOUS VOULEZ QUE JE FASSE DU CINÉMA ?!
NON, LALY, ELLES NE SONT TOUJOURS PAS RÉCONCILIÉES AVEC ISA !
BASKET BURGER

Le choix désarme

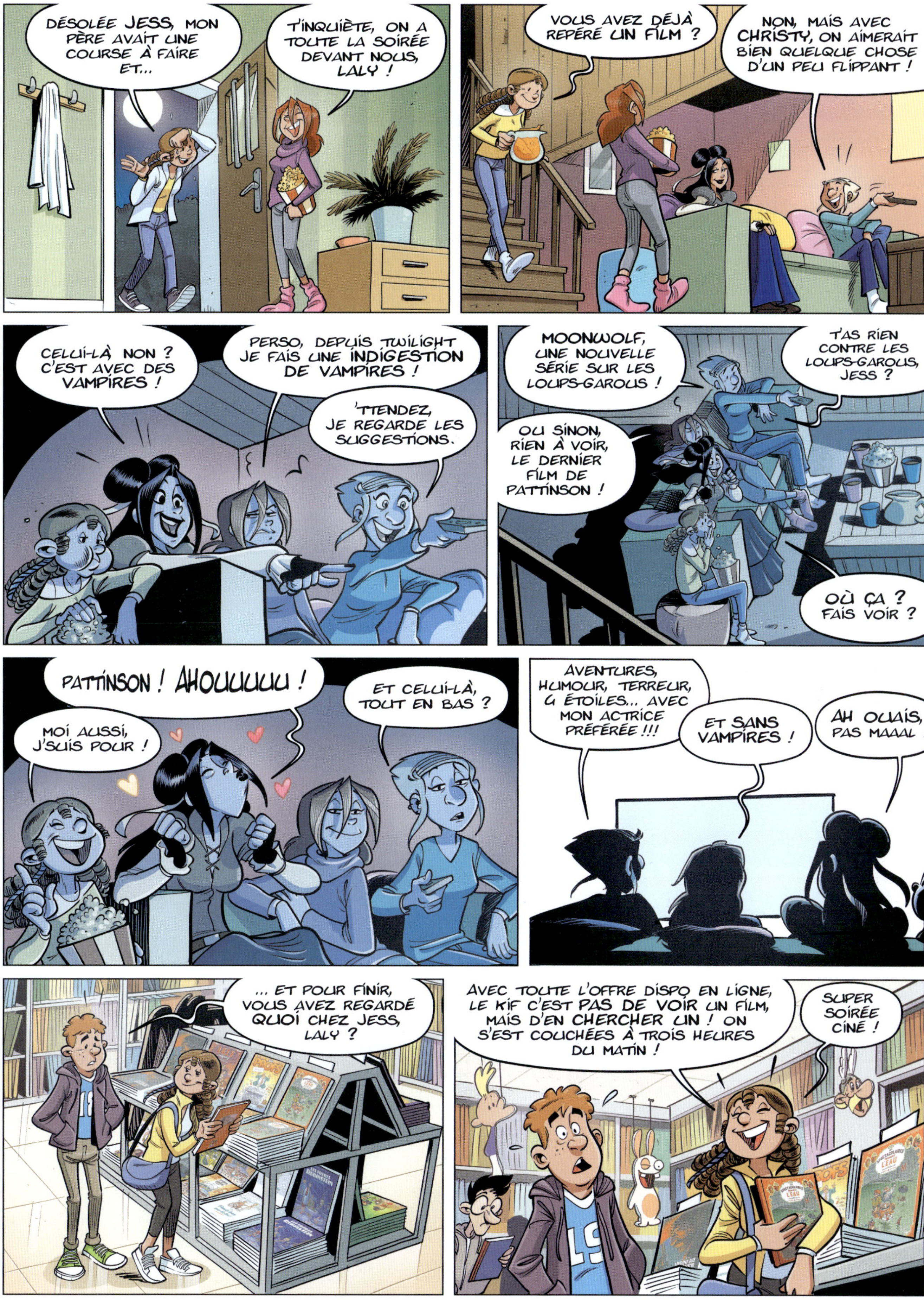

DÉSOLÉE JESS, MON PÈRE AVAIT UNE COURSE À FAIRE ET...
T'INQUIÈTE, ON A TOUTE LA SOIRÉE DEVANT NOUS, LALY !
VOUS AVEZ DÉJÀ REPÉRÉ UN FILM ?
NON, MAIS AVEC CHRISTY, ON AIMERAIT BIEN QUELQUE CHOSE D'UN PEU FLIPPANT !
CELUI-LÀ NON ? C'EST AVEC DES VAMPIRES !
PERSO, DEPUIS TWILIGHT JE FAIS UNE INDIGESTION DE VAMPIRES !
'TTENDEZ, JE REGARDE LES SUGGESTIONS.
MOONWOLF, UNE NOUVELLE SÉRIE SUR LES LOUPS-GAROUS !
T'AS RIEN CONTRE LES LOUPS-GAROUS, JESS ?
OU SINON, RIEN À VOIR, LE DERNIER FILM DE PATTINSON !
OÙ ÇA ? FAIS VOIR ?
PATTINSON ! AHOUUUUU !
MOI AUSSI, J'SUIS POUR !
ET CELUI-LÀ, TOUT EN BAS ?
AVENTURES, HUMOUR, TERREUR, 4 ÉTOILES... AVEC MON ACTRICE PRÉFÉRÉE !!!
ET SANS VAMPIRES !
AH OUAIS, PAS MAAAL !
... ET POUR FINIR, VOUS AVEZ REGARDÉ QUOI CHEZ JESS, LALY ?
AVEC TOUTE L'OFFRE DISPO EN LIGNE, LE KIF C'EST PAS DE VOIR UN FILM, MAIS D'EN CHERCHER UN ! ON S'EST COUCHÉES À TROIS HEURES DU MATIN !
SUPER SOIRÉE CINÉ !

Le truc en plus

UNE SOIRÉE-CINÉ RÉUSSIE, C'EST UN ENSEMBLE DE DÉTAILS !
DÉJÀ, IL FAUT UN ÉCRAN QUI TUE, PUIS TOUT UN STOCK DE FILMS QU'ON ADORE.
HARRY POTTER ET LA CHAMBRE DES SECRETS, VERSION INTÉGRALE, AVEC COMMENTAIRES DES ACTEURS EN FOURCHELANG !
Harry Potter et la Chambre des Secrets
J'SUIS POUR !
UN BON VIEUX CANAP' ET DES COUSSINS PLUS MOELLEUX QUE DES MARSHMALLOWS.
HARRY POTTER
AVEC LE SEAU DE POP-CORN ET LE THÉ GLACÉ À PORTÉE DE MAIN, BIEN SÛR !
SALÉ !
SUCRÉ !
LES DEUX !
HARRY POTTER
TROP FAN DE LA SCÈNE D'INTRO !
TOUTE LA SÉRIE EST GÉANTE !
C'EST UN CHEF-D'ŒUVRE DU DÉBUT À LA FIN !
ATTENDEZ.. ON A UN OUBLIÉ UN TRUC !
QUOI ?
AH BON ?
MURIELLE ? ÇA TE DIT UNE SOIRÉE CINÉ CHEZ MOI ? OUAIS, LÀ MAINTENANT !
COOL, ON T'ATTEND !
LA COP' QUI RÂLE, C'EST COMME LES AROMATES EN CUISINE, ÇA REND LE FILM ENCORE MEILLEUR !
PFOUH, IL EST VRAIMENT PAS TOP LE PREMIER !
Y A PAS UN FILM D'HORREUR, PLUTÔT ?
Y A PAS DU POP-CORN AU CARAMEL !
LE KIFF TOTAL !

Jeu de rôle

BANDE DE RASCALS, ON NE PARLE PAS COMME ÇA AU SHÉRIF JAMIE JANE !
AHAHAH ! C'EST TELLEMENT TROP KARINE !
SUPER BIEN VU, JESS ! AHAHA !
TU SAIS BIEN, QUAND KARINE REGARDE UN FILM, ELLE LE VIT À FOND !
AH OUI C'EST VRAI !
SAMEDI DERNIER ON A VU SCREAM ENSEMBLE...
ELLE ÉTAIT COMME ÇA: "ATTENTION !!!"
IL EST DERRIÈRE LE BUISSON AVEC SON GROS COUTEAU ! N'AVANCE PAS ! NAAAN !!!
ET QUAND ELLE A VU SEUL SUR MARS, T'AVAIS L'IMPRESSION QUE C'ÉTAIT ELLE QUI FLOTTAIT DANS L'ESPACE ! AHAH !
AHAHAH !
ET PLUS LE FILM EST BON, PLUS ELLE VIT L'HISTOIRE À FOND.
D'AAACCORD...
La Révolution française
- Famine
- Impopularité du roi
DONNEZ-NOUS DU PAIN, SIRE ! ON CRÈVE TROP LA DAAALLE !
?
DONC, TU VEUX DIRE QUE LE PROF DE KARINE EXPLIQUE BIEN ?
SUPER BIEN, MÊME !

Faux pas poussé

C'EST PAS MURIELLE ?
SI... QU'EST-CE QU'ELLE FABRIQUE ?
NON
JE ME CONCENTRE LES FILLES, FAUT QUE J'ARRIVE EN 30 PAS PILE AU BOUT DE LA RUE PIÉTONNE EN POSANT MON PIED DROIT SUR LA PLAQUE D'ÉGOUT !
REDIS-NOUS ÇA ?
?
HIER, JE L'AI FAIT EN 29 PAS... DU COUP JE ME SUIS MANGÉ UN 2/20 EN ANGLAIS !
FAUT QUE TU ARRÊTES AVEC TES SUPERSTITIONS DÉBILES, MURIELLE !
AH OUI ? ET QUAND JE ME TAPE LA HONTE EN MATHS PARCE QUE C'EST MON PIED GAUCHE QUE J'AI POSÉ SUR LA PLAQUE D'ÉGOUT, C'EST DE LA SUPERSTITION AUSSI, HEIN ?!
ALLEZ... ÇA VA LE FAIRE...
12... 13... 14...
PÉTARD... J'SUIS TROP COURTE...
GNÉ ?
BLAM !! CRASH KASS !!
TU AS RAISON, MURIELLE, C'EST PAS UNE SUPERSTITION ! TU AS FAIT 60 PAS, TU AS LOUPÉ LA PLAQUE D'ÉGOUT...
... ET TU AURAS SÛREMENT ZÉRO AU TEST DE SPORT !
MENU

Point de vue

LES COP'S ! J'AI EU DES NOUVELLES DE MAWRA !
GÉNIAL !
COMMENT ELLE VA ?
HYPER-BIEN ! ELLE ADORE SON VILLAGE À LA FRONTIÈRE ALLEMANDE, SES PARENTS ONT TROUVÉ DU TRAVAIL... ET ON EST INVITÉES À ALLER LA RETROUVER QUAND ON VEUT !
EXCELLENT !
?
C'EST QUI DÉJÀ, CETTE FILLE ?
MAIS ENFIN, RONA... MAWRA, LA MIGRANTE SYRIENNE QUE MES PARENTS ONT ACCUEILLIE AVEC SA FAMILLE !
LA SURDOUÉE !
TU NOUS AS AIDÉES À RÉCUPÉRER DES AFFAIRES POUR ELLE !
ON A PASSÉ PLEIN DE SOIRÉES ENSEMBLE !
AH OUI, LA PETITE CHINOISE ! MAIS C'ÉTAIT PAS WARMI SON PRÉNOM ?
ELLE M'AVAIT PARLÉ DE SA MAISON AU MILIEU DE L'ÎLE ! OUAIS, C'EST ÇA... L'ASSYRIE C'EST BIEN LA CAPITALE DE L'ASIE, HEIN ? EN TOUT CAS ELLE ÉTAIT TROP STYLÉE, UNE GRANDE ROUQUINE TROP MIGNONNE ! SACRÉE WARMI ! ELLE A PASSÉ UN MOIS DE VACANCES ICI, C'TE CHANCE !
PÉTARD ! ELLE EST REDOUTABLE RONA, ELLE M'A EMBROUILLÉ LE CERVELET EN 12 SECONDES CHRONO !
PAREIL... JE NE SAIS MÊME PLUS DE QUOI ON PARLAIT !
HÉ, MAIS... C'EST UN VRAI SUPERPOUVOIR, EN FAIT !
CARRÉMENT, JESS... CARRÉMENT !
NAN M'SSIEUR, LE CONTRÔLE DE MATHS, C'ÉTAIT PAS POUR CE MATIN ! ON DEVAIT RÉVISER LE MACHIN, LÀ AVEC LES ROMAINS SUR LES PYRAMIDES... OU ALORS... C'ÉTAIT AVEC VOUS LE COURS SUR LES ACCORDS DE L'EAU DE SOURCE, GENRE CLICHY OU VICHY ? EN TOUT CAS, MOI, J'AVAIS NOTÉ ÉVALUATION EN BIOLOGIE... ET D'ABORD, POURQUOI QU'ON FERAIT DES MATHS EN BIOLO, BIZARRE, NON ? BREF, C'EST QUAND QU'ON BLABLABLA BLABLABLABLABLA
DÉTENDEZ-VOUS, LE CONTÔLE EST ANNULÉ !

Le cri qui dure

NON
EN CONCERT
DIS, KARI...
GNAAAHHH !!!
LES COP'S, JE...
GNAAAHHH !!!
TRILILILILI
GNAAAHHH !!!
DINGUE ! KARINE EST AUSSI FLIPETTE QUE DORINE !
AH OUI, C'EST VRAI QUE DORINE AUSSI SURSAUTE POUR UN RIEN.
ÇA ME DONNE UNE IDÉE, TIENS... JE REVIENS TOUT DE SUITE !
SI SI DORINE, JE T'ASSURE, KARINE VOULAIT VRAIMENT TE RACONTER UN TRUC !
AH ? BON...
JE SUIS LÀ, KARI...
GNAAAHHH !!!
GNAAAHHH !!!
GNAAAHHH !!!
C'EST LE PROF DE PHYSIQUE QUI NOUS DISAIT QUE LE MOUVEMENT PERPÉTUEL N'EXISTAIT PAS, HMM ?
ON DIRAIT BIEN QU'ON VIENT DE LE TROUVER, UHUH !
GNAAAHHH !!!
GNAAAHHH !!!
GNAAAHHH !!!
GNAAAHHH !!!
GNAAAHHH !!!
GNAAAHHH !!!

Le coup du lapin

JESS JESS JESS ! PRÊTE-MOI TA PATTE DE LAPIN ! J'SUIS TROP MAL !
QUOI ? MAIS J'EN AI PAS !
TU... TU N'AS PAS DE PATTE DE LAPIN ? MAIS COMMENT ÇA SE FAIT ?
SÛREMENT PARCE QUE C'EST DÉGUEU !
MOULES FRITES
MAIS IL M'EN FAUT UNE ! J'AI PAUMÉ LA MIENNE QUAND J'AI RANGÉ MA CHAMBRE ! J'LE SAVAIS QUE ÇA PORTAIT MALHEUR DE RANGER SA CHAMBRE !!! C'EST LA CATA !
SI TU ME DISAIS QUEL EST LE PROBLÈME, MURIELLE !
J'AI UN RENDEZ-VOUS CHEZ LE GLACIER AVEC AMADOU... ET SI JE N'AI PAS UN PORTE-BONHEUR DANS LA POCHE, ÇA VA FOIRER ! JE ME CONNAIS...
T'INQUIÈTE PAS POUR RIEN, MURIELLE, TOUT IRA TRÈS BIEN... FAIS-MOI CONFIANCE !
ÇA VA ÊTRE UN DÉSASTRE...
UN DÉSASTRE...
ALORS, MURIELLE ? ÇA S'EST BIEN PASSÉ ON DIRAIT ?
À MORT, JESS ! AMADOU N'EST PAS VENU !
MOULES FRITES
IL M'A POSÉ UN LAPIN !
SI TU SAVAIS COMME J'SUIS CONTENTE !

La tête dans le flippe

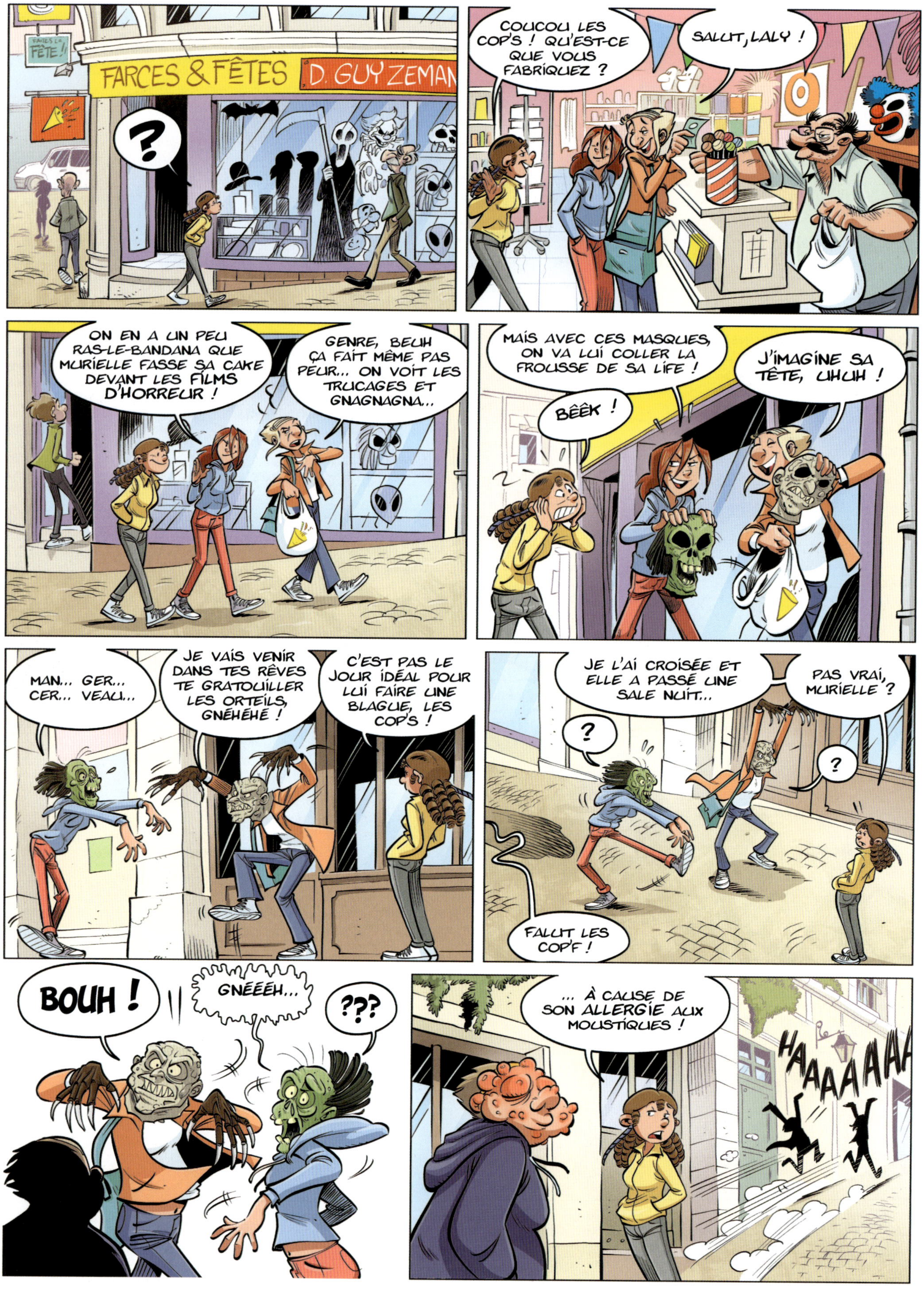
FAITES LA FÊTE !
FARCES & FÊTES
D. GUY ZEMAN
?
COUCOU LES COP'S ! QU'EST-CE QUE VOUS FABRIQUEZ ?
SALUT, LALY !
ON EN A UN PEU RAS-LE-BANDANA QUE MURIELLE FASSE SA CAKE DEVANT LES FILMS D'HORREUR !
GENRE, BEUH ÇA FAIT MÊME PAS PEUR... ON VOIT LES TRUCAGES ET GNAGNAGNA...
MAIS AVEC CES MASQUES, ON VA LUI COLLER LA FROUSSE DE SA LIFE !
J'IMAGINE SA TÊTE, UHUH !
BÊÊK !
MAN... GER... CER... VEAU...
JE VAIS VENIR DANS TES RÊVES TE GRATOUILLER LES ORTEILS, GNÉHÉHÉ !
C'EST PAS LE JOUR IDÉAL POUR LUI FAIRE UNE BLAGUE, LES COP'S !
JE L'AI CROISÉE ET ELLE A PASSÉ UNE SALE NUIT...
PAS VRAI, MURIELLE ?
?
?
FALUT LES COP'F !
BOUH !
GNÉÉÉH...
???
... À CAUSE DE SON ALLERGIE AUX MOUSTIQUES !
HAAAAAAAA

Le cœur à ses réseaux...

JESS, ÇA TE DIRAIT QU'ON AILLE AU CINÉ ENSEMBLE SAMEDI APRÈM ?
SUPER IDÉE, HUGO !
JE VAIS DEMANDER À MES COP'S SI ELLES SONT PARTANTES ELLES AUSSI !
OU SINON ON POURRAIT Y ALLER JUSTE TOUS LES DEUX !
TOUS LES DEUX ?
QUOI ? C'EST UN FILM QUE T'AS SUPER ENVIE DE VOIR ET T'AS PEUR QUE MES COP'S BLABLATENT TROP FORT OU PASSENT LEUR TEMPS À GRIGNOTER ?
NON, JESS... EN PLUS, JE LES ADORE TES COP'S... MAIS C'EST QUE...
... C'EST QUE SI ON EST QUE TOUS LES DEUX... ON POURRA... ENFIN, TU VOIS... C'EST MIEUX QUE SI ON N'EST PAS TOUS LES DEUX... C'EST PLUS TRANQUILLE ET... ET MOINS PAS TRANQUILLE... GULP !
AHHH J'AI CAPTÉ !
TOI, TU AS SURTOUT PRÉVU DE ME DRAGUER UN CHOUÏA, C'EST ÇA ? LE CINÉ C'EST POUR FLIRTER, BISOU BISOU ET TOUT ÇA, HMM ?
BAH... JE... OUICHE
OUI, BEN DANS CE CAS, IL VAUT MIEUX QUE MES COP'S SOIENT LÀ !
MAIS, MAIS MAIS !!!
... ÇA M'ÉVITERA D'AVOIR À TOUT LEUR RACONTER APRÈS ! ELLES VEULENT TOUJOURS TOUT SAVOIR !

Le film parfait !

ALORS, JESS ? CE CINÉ AVEC HUGO ?
C'EST BIEN POUR T'EMBRASSER QU'IL T'Y A EMMENÉE, HMM ?
BAH OUI, CLAIREMENT ! C'EST UN GARÇON, QUOI ! MAIS IL EST TELLEMENT TIMIDE ! J'VOUS JURE, LES COP'S !
ON AVAIT REMARQUÉ !
IL N'A JAMAIS RÉUSSI À DIRE MON PRÉNOM EN ENTIER SANS BAFOUILLER !
BREF, J'AI BIEN SENTI QUE C'ÉTAIT À MOI DE PRENDRE LES COMMANDES !
YEAH ! GIRL POWA !
ALLEZ, RACONTE !
J'AI DÉCIDÉ QU'ON S'EMBRASSERAIT PENDANT UNE SCÈNE DE BAISER DU FILM ! SO ROMANTIC, PAS VRAI ?
ON VA VOIR VAMPIRIC LOVE ?
LE HIC, C'EST QUE TOUS LES POTES D'HUGO ÉTAIENT LÀ AUSSI... ET LE HUGO, DONC, EST HYYYPER TIMIDE !
JE PRÉFÈRE QU'ON NE SOIT PAS DANS LA MÊME SALLE QUE MES COPAINS, JESS ! C'EST DES VRAIS BALOURDS !
AH ? OK... Y A UN AMOUR DE ZOMBIE, SI TU PRÉFÈRES !
NON, J'AI DES POTES QUI VEULENT LE VOIR... REGARDE... ILS VONT PASSER LE FILM À ME VANNER, J'TE PROMETS...
NO SOUCY, JE TE LAISSE CHOISIR !
AH, VOUS ÊTES QUAND MÊME ALLÉS VOIR UN FILM ?
... ET VOUS VOUS ÊTES EMBRASSÉS PENDANT LA SCÈNE LA PLUS ROMANTIQUE DU FILM ?
NOPE !
Y EN AVAIT PAS ! ON S'EST TAPÉ DEUX HEURES DE DOCUMENTAIRE SUR LES SEMI-REMORQUES AMÉRICAINS !!!
?!
ALORS HUGO ? T'AS TROUVÉ UN CAMION POUR TA NANA ?

Balade privée

ON VA SE BALADER AU CENTRE-VILLE, HUGO ?
EUH... OUAIS, SI TU VEUX...
... MAIS Y A TOUJOURS BEAUCOUP DE MONDE, LÀ-BAS.
ET ? TU AS HONTE QU'ON NOUS VOIE ENSEMBLE ?
NON, MAIS SI MES POTES ME VOIENT AVEC TOI, ILS VONT ME VANNER JUSQU'À LA RETRAITE...
MOUAIS, JE CONNAIS ÇA... J'AI DES COP'S QUI VANNENT BIEN MOI AUSSI, UHUH !
ON PEUT SE FAIRE UN CINÉ SINON, OU UN BOWLING ! ÇA FAIT GENRE TROP LONGTEMPS QUE JE N'AI PAS EXPLOSÉ DE QUILLES !
LE BOWLING ? ÇA DOIT ÊTRE BLINDÉ DE MONDE À CETTE HEURE-CI.
BEACH
ÇA VA ÊTRE COMPLIQUÉ, TU SAIS... PARCE QUE MÊME À LA PLAGE, À LA PISCINE OU À LA MÉDIATHÈQUE ON NE SERA PAS SEULS !
OU ALORS...
... ON POURRAIT FAIRE DU VÉLO !
AH MAIS CARRÉMENT ! ÇA, C'EST UNE IDÉE AU TOP, HUGO !
TU VEUX ALLER OÙ ? SUR LA COLLINE ? VERS LE PORT ? DERRIÈRE LE STADE ?
BEN...
ON EST BIEN LÀ PAS VRAI JESS ?

Rencontre de la troisième tape

JESS, ÇA TE DIRAIT DE...
PAF
JESS ! C'EST MOI ! HUGO !
HEIN ?
TU VEUX QUE JE FINISSE CARDIAQUE ?! DEPUIS QUAND ON PARLE AUX GENS DANS LEUR DOS SANS PRÉVENIR ?
METS UNE CLOCHETTE, J'SAIS PAS, MOI !!!
MAIS...
... ET T'AS PAS INTÉRÊT À ME REFAIRE UN COUP PAREIL, SPÈCE DE GROS MALADE !!!
M... MAIS ENFIN, JESS...
BLAM
BLAM
ARF, TROP TARD !
ON VOULAIT TE DIRE D'ÉVITER DE PARLER À UNE DES FILLES CE MATIN, HUGO...
OUAIS, QUAND LA VEILLE AU SOIR ELLES SE FONT UNE SOIRÉE FILMS D'HORREUR, ÇA LES MET TROP SUR LES NERFS !
ON EST PASSÉS PAR LÀ... OUCH...

Débile of the dead

J'ADORE TON IDÉE, JESS !
QUOI ? QUELLE IDÉE, LES COP'S ?
ON VA FAIRE UNE MARCHE DE ZOMBIES POUR HALLOWEEN, LALY !
AH OUAIIIS ! J'EN AI REGARDÉ PLEIN SUR LE NET, C'EST TROP MARRANT !
CHRISTY FAIT DES ESSAIS MAQUILLAGE CHEZ MOI... AH, LA VOILA !
WAOUH ! TERRIBLE !
PAS MAL, HEIN ?
JUSTE DEUX OU TROIS COUPS DE PINCEAUX ! DES TRAITS ROUGES ET BLEUS SUR LE FRONT ET LES JOUES, DU NOIR AUTOUR DES YEUX...
ET DANS TON ARMOIRE, JESS, J'AI TROUVÉ CE MACHIN INFORME..
C'EST LA VIEILLE TENUE DE TRAVAIL DE MON PÈRE !
POUR LA DÉMARCHE, VOUS CONNAISSEZ.. BRAS TENDUS, PIEDS QUI TRAÎNENT ...
ET ON FAIT GNAHHH
CER...VEAU...
DU COUP, IL FAUT PRÉVOIR DU MAQUILLAGE, MAIS SURTOUT DÉNICHER DES VÊTEMENTS BIEN BIEN DÉGUEUS !
MOUAIS, MAIS IL Y A PLUS URGENT, LALY...
CER...VEAU...
... EXPLIQUER À RONA QUE LES VRAIS ZOMBIES N'EXISTENT PAS !
PAS GAGNÉ, ÇA !
PLANQUEZ-VOUS LES COOOP'S !
ATTAQUE DE ZOMBIIIES !!!
POC POC

Treize étonnant

MURIELLE CHERCHE TOUJOURS À ÉVITER LE CHIFFRE 13 !
BEN QUOI ? TU VIENS OU PAS ?
EUH... JE VAIS PLUTÔT MARCHER !
ELLE PRÉFÈRE RENTRER CHEZ ELLE À PIEDS PLUTÔT QUE DE MONTER DANS LE BUS DE LA LIGNE 13
VRAOOOM
13
RUE PISSON
BUS
PUB
ELLE NE LIT JAMAIS LA PAGE 13 D'UN MAGAZINE...
MAIS C'EST LÀ QU'Y A LES INDISCRÉTIONS DE BIGFLO ET OLI ! TU LES ADORES TROP !
VEUX PAS SAVOIR ! VEUX PAS SAVOIIIR !
LE 13E JOUR DU MOIS ELLE NE MET PAS LE NEZ DEHORS...
NAN, JE PENSE PAS QU'ELLE VIENDRA AU CINÉ AVEC NOUS !
UNE VRAIE DINGO, C'TE FILLE !
... OU AVEC UN MILLION DE PRÉCAUTIONS SI ELLE EST OBLIGÉE DE SORTIR !
RESTAURANT
ET SI UN PROF LUI COLLE UN 13 SUR 20, C'EST PANIQUE À BORD !
NAN, PAS 13 ! METTEZ-MOI UN 5 PLUTÔT ! OU UN ZÉRO !
MAIS PAS UN 13 ! SIVOUPLAÎT !
?
ON PEUT ÉCHANGER. J'AI UN ZÉRO, MOI !
PAR CONTRE, LÀ, ÇA NE TE POSE PAS DE PROBLÈMES !
PIZZ
OUAIS, ELLE NE TE FAIT PAS PEUR LA SPÉCIALE 13 FROMAGES !
CHI ! CH'EST JUCHTEMENT POUR CHA QUE JE LES ÉLIMINE RAPIDOCH ! ALLEZ, PLUS QUE 3 FROMACHES ET CHE CHERA RÉGLÉ !

ÇA VEUT DIRE QUOI, JESS, SOIRÉE HORREUR PLUS-PLUS-PLUS ?
PARCE QU'EN PLUS DU FILM DE ZOMBIES, ON A DROIT AU MENU PRÉPARÉ PAR KARINE !
ÇA, C'EST UN CAKE ARTICHAUT-GRAINES DE PAVOT, À DÉGUSTER AVEC UN BOUILLON À LA MARJOLAINE, ET EN DESSERT, J'AI PRÉPARÉ DES BOUCHÉES DE PISSENLITS ET UNE CRÈME DE BROCOLIS SUCRÉE !
OH PÉTARD... TROP FLIPPANT...

DING DING
BONJOUR, MADAME !
BONJOUR, MADEMOISELLE !
JE VOUDRAIS UN CROISSANT AUX AMANDES ET UN COOKIE CHOCOLAT, S'IL VOUS PLAÎT !
TOUT DE SUITE !
UN EURO ET QUATRE-VINGTS CENTS...
OUI, VOIC...?
MERCI !
TU NE VEUX PAS TA MONNAIE, MA GRANDE ?
N... NON... C'EST BON...
Boulangerie
Emilie Paul
ATTENDS, QUAND J'AI CROISÉ MON FACTEUR À MIDI, IL AVAIT UNE TRONCHE D'ALIEN !
ET MOI DANS LE BUS, J'ÉTAIS ASSISE À CÔTÉ DU MONSTRE DE FRANKENSTEIN !
OUI, BÉBÉ L'OURSON, TU ES VRAIMENT TROP MIGNON ! VIENS CHANTER AVEC MOI !
DU COUP, LALY, POUR NOTRE SANTÉ MENTALE, TOUS LES TROIS FILMS D'HORREUR ON SE FAIT UNE SOIRÉE... BÉBÉ L'OURSON
... HISTOIRE DE DÉCOMPRESSER !

Un vrai pour info

J'AI LA RAGE, LES COP'S !
TON SMARTPHONE T'A MAL PARLÉ ? UHUH !
REGARDEZ ! ON VA ALLER CHERCHER DU PÉTROLE SUR MARS ! L'HOMME NE PEUT PAS S'EMPÊCHER DE TOUT SACCAGER !
FAKE NEW ! LALY !
NE CROIS PAS TOUT CE QUE TU LIS SUR LE NET ! TU ES TROP CRÉDULE !
JE NE SUIS PAS PLUS CRÉDULE QU'UNE AUTRE ! ET D'ABORD, COMMENT EST-CE QU'ON SAIT QU'UNE INFO EST VRAIE OU FAUSSE, HMM ?
TU LA VÉRIFIES !
TU CROISES TON INFO AVEC D'AUTRES SOURCES !
SUR QUEL SITE ON PEUT FAIRE ÇA ?
SURTOUT PAS SUR UN SITE !
L'IDÉAL, C'EST DE DEMANDER À QUELQU'UN QUI S'Y CONNAÎT À MORT SUR LE SUJET !
MOUAIS... GENRE Y A DANS MON ENTOURAGE UN SPÉCIALISTE DES PLANÈTES ?!
ÉVIDEMMENT ! MÊME QUE TU LA CONNAIS !
TOP
MAIS OUAIS, LALY, J'AI VU CETTE HISTOIRE DE PÉTROLE SUR MARS ! DU COUP, Y AURA BIENTÔT PLUS DE CHOCOLAT SUR TERRE...
LA MISÈRE !
POUR DE BON, RONA ?
BIEN BIEN CRÉDULE, NOTRE LALY...

Horrorscope

HEY ? LALY S'EST DÉGUISÉE EN COP' DU SIÈCLE DERNIER, VOUS SAVEZ, CELLE QUI LIT LE JOURNAL !
JOURNAL
NON, JE REGARDAIS JUSTE MON HOROSCOPE !
WHAT ? TU CROIS À CES MACHINS-LÀ TOI ?!
RÉFLÉCHIS DEUX SECONDES, LALY ! IL Y A 12 SIGNES DU ZODIAQUE, DONC UN DOUZIÈME DE L'HUMANITÉ DEVRAIT VIVRE LA MÊME CHOSE AU MÊME MOMENT ? C'EST DÉBILE !
BEN... EN FAIT, JE PRÉFÈRE L'HOROSCOPE CHINOIS ! JE SUIS COQ !
C'EST IDEM, PAREIL, KIFKIF !
C'EST PLUS PRÉCIS, JESS ! LÀ, TON SIGNE DÉPEND AUSSI DE TON ANNÉE DE NAISSANCE !
... ET ENCORE, CE N'EST PAS LE PLUS PRÉCIS !
DANS L'HOROSCOPE VÉGANE, TON SIGNE EST ÉTABLI EN FONCTION DE CE QUE TU MANGES !
T'ES SÉRIEUSE, KARINE ?
VOUS AVEZ DEVANT VOUS UNE CAROTTE ASCENDANT CIBOULETTE !
FILE-MOI ÇA, LALY...
... PEUT-ÊTRE QUE MON HOROSCOPE VA ME DIRE QUAND EST-CE QUE JE ME FERAI DES COP'S NORMALES !
TCHAC !

En cas de pépin

BUS
PLOC
TCAK
FAIS GAFFE, MURIELLE !!!
SUPERSTITIEUSE COMME TU L'ES TU DEVRAIS SAVOIR QU'ON N'OUVRE PAS UN PARAPLUIE À L'EXTÉRIEUR !
D'AILLEURS, ON NE SE SERT SURTOUT PAS DES NÔTRES, T'AS VU !
MEUH NON, C'EST À L'INTÉRIEUR QU'IL NE FAUT PAS LES OUVRIR PARCE QUE ÇA PORTE MALHEUR !
TU EN ES SÛRE SÛRE ?
TU ES PRÊTE À PRENDRE LE RISQUE ?
AH MAIS OUI ! C'EST VOUS QUI AVEZ RAISON ! PFIOU ! JE SUIS PASSÉE À DEUX DOIGTS DE LA CATA !!!
CLIC
BEN OUAIS...
C'EST POUR TOI QU'ON DIT ÇA !
UHUH... ELLE GOBE TOUT ! IMPRESSIONNANT !
CARRÉMENT TROP FACILE !
AHH...AHHH...
TCHAAA
JE VOUS PROMETS LES COP'S, UN PARAPLUIE, ÇA SE TIENT AU DESSUS DE LA TÊTE !
PAS QUAND MURIELLE EST DANS LE COIN !
FAIS-NOUS CONFIANCE !

Histoires à faire peur

DANS UN GROUPE DE PERSONNES, IL Y EN A TOUJOURS UNE QUI GRANDIT ET MÛRIT PLUS VITE QUE LES AUTRES...
ET VOUS LES FILLES, C'EST QUOI VOTRE PLUS GRANDE TROUILLE ?
MOI, C'EST LES CONTRÔLES DE MATHS... RIEN QUE D'Y PENSER, BRRR...
AHAHAH ! T'ES BÊTE !
PERSO, JE SAIS QUE C'EST NUL, MAIS C'EST DE CHOPER UNE TIQUE !
LES LÉGUMES VERTS... L'HORREUR !
LES ZOMBIES ! MAIS LES VRAIS BIEN SÛR, PAS CEUX POUR DE FAUX DES FILMS !
PERDRE MON SMARTPHONE !
ET TOI, DORINE ?
OH... Y A PLUSIEURS TRUCS...
LA SITUATION ÉCONOMIQUE... LES ÉCARTS DE RICHESSES AU SEIN D'UNE MÊME POPULATION... LES TENDANCES EXTRÉMISTES... LES PROPOS VIOLENTS SUR INTERNET.
?
?
?
MAIS JE CROIS QUE CE QUI ME FAIT LE PLUS PEUR...
... CE SONT LES DÉRÈGLEMENTS CLIMATIQUES QUI PROVOQUENT DES MIGRATIONS ÉCONOMIQUES ET DES CATASTROPHES ENVIRONNEMENTALES !
ÇA OUI, ÇA FAIT VRAIMENT FLIPPER !
C'EST TOI QUI A RAISON DORINE... ON NE PENSE QU'À NOUS...
... ÉGOÏSTES À MORT...
JE BLAGUAIS, LES COPS !
MA VRAIE GROSSE TROUILLE, C'EST LES ARAIGNÉES ! AHAHAH !
... MAIS PAS DANS NOTRE GROUPE À NOUS !

Le test Rona

C'EST TOUJOURS BIEN DE VÉRIFIER QU'ON EST FAITS L'UN POUR L'AUTRE...
NORMAL QUE JESS FLIPPE, LALY, C'EST LE JOUR DU RONA-TEST !
C'EST QUOI, ÇA ?
BON... PUISQU'IL FAUT Y ALLER !
?
QUAND L'UNE DE NOUS A UN PETIT COPAIN, ELLE LE PRÉSENTE À RONA POUR VOIR S'IL EST VRAIMENT AMOUREUX !
TOUS LES MECS TOMBENT RAIDES DINGUES DE RONA DÈS QU'ILS LA VOIENT... ALORS, SI HUGO FLASHE SUR ELLE...
... ÇA VOUDRA DIRE QU'IL NE TIENT PAS PLUS QUE ÇA À JESS ! OKAY !
SALUT, RONA !
B... BONJOUR...
OUI ?
YESSS !!! J'LE SAVAIS !
BAH... QU'EST-CE QUI VOUS ARRIVE ?
JESS VOULAIT JUSTE VOIR SI SON HUGO ALLAIT FLASHER SUR TOI... ET EN FAIT NON !
HEIN ? MAIS BIEN SÛR QU'IL N'A PAS FLASHÉ !
L'IMPORTANT, C'EST DE NE PAS TROP TROP VÉRIFIER NON PLUS !
RAMÈNE-LE QUAND JE SERAI COIFFÉE ET EN BIKINI, TU VERRAS S'IL NE FLASHE PAS !
JUSTEMENT, J'SUIS PAS FOLLE NON PLUS !

Ouverture des vannes

SÉRIEUX JESS, T'AS PAS REMARQUÉ ? TU METS TOUJOURS TON COPAIN HUGO SUPER MAL À L'AISE DEVANT NOUS !
DÉJÀ QU'IL EST TIMIDE À MORT !
C'EST VRAI ?
RIEN QU'HIER, PAR EXEMPLE, À L'ARRÊT DE BUS...
AH, IL FAUT QUE VOUS REGARDIEZ AILLEURS, LES FILLES... HUGO VA M'EMBRAAASSER !
...ET TOUT À L'HEURE ENCORE, QUAND ON EST ARRIVÉES À LA PLAGE...
TU T'ES FAIT AVOIR, HUGO... NORMALEMENT CE T-SHIRT EST VENDU AVEC LES MUSCLES ! UHUH !
...OU QUAND TU LUI AS COLLÉ UNE RACLÉE AU BADMINTON !
ENCORE 21 À 0 POUR MOI ! MAIS T'INQUIÈTE, ON FINIRA BIEN PAR TROUVER UN SPORT OÙ TU PEUX ME BATTRE !
BEN ZUT ALORS... C'EST PAS FAIT MÉCHAMMENT, J'VOUS JURE, LES COP'S ! EN PLUS VOUS ME CONNAISSEZ, JE N'AIME PAS RABAISSER LES AUTRES...
ON VOULAIT QUAND MÊME T'EN PARLER !
OUI, PARCE QUE TU VOIS, EN FAIT...
ATTENDEZ, JE REVIENS ! JE VAIS ALLER M'EXCUSER !
HEIN ?
NON, FAIS PAS ÇA !
ON VOULAIT JUSTE TE DEMANDER, LA PROCHAINE FOIS QUE TU VEUX LE VANNER, DE NOUS PRÉVENIR AVANT.
QU'ON AIT LE TEMPS DE PRENDRE DES PHOTOS ! IL TIRE UNE DE CES TÊTES À CHAQUE FOIS ! À PÉTER DE RIRE !

Sables mouvants

ÇA ME DIT BIEN DE VENIR À TA SOIRÉE "HORREUR", JESS... MAIS JUSTE SI TU PROMETS UN TRUC...
QUE MES COP'S NE TE TAQUINENT PAS TROP ?
NON... QU'ON NE REGARDERA PAS DE FILM DE ZOMBIES !
OH ? TU N'AIMES PAS ÇA ? EN PLUS, ON EN A DES STOCKS DANS NOS LISTES !
JE SAIS QUE C'EST NUL, MAIS C'EST LE SEUL MONSTRE QUI ME FAIT VRAIMENT FLIPPER... LE RESTE, LOUP-GAROU, VAMPIRE, ALIEN, ARAIGNÉE GÉANTE, ÇA NE ME GÊNE PAS !
MAIS LES ZOMBIES... BRRR...
TU SAIS, QUAND LA TERRE SE SOULÈVE DOUCEMENT, PUIS T'AS UN CADAVRE QUI APPARAÎT, TOUT MARRON ET VERT.
... DÉGUEU... ÇA ME FICHE LA TROUILLE RIEN QUE D'Y PENSER !
T'AS BIEN FAIT DE ME LE DIRE, HUGO !
C'EST PAS UN SOUCI, ON A QUELQUES FILMS DE FANTÔMES À SE TAPER AVEC LES COP'S !
?
QUOI ? TU AS PEUR DES FANTÔMES, AUSSI ?
L... L... LÀ...
BROMLMLML
GNNNHHH
BEN... TON COPAIN N'A JAMAIS VU QUELQU'UN SE FAIRE UN SOIN INTÉGRAL AU SABLE ET AUX ALGUES ?
PAS ENVIE D'AVOIR UN TEINT DE ZOMBIE, MOI !

C'est dans les gènes

HUGO N'EST PAS TIMIDE, CÉCILE... IL EST HYYYPER-TIMIDE !
JE NE SAIS MÊME PAS S'IL Y A UN MOT POUR DÉCRIRE ÇA !
TU L'AURAIS VU QUAND IL M'A ADRESSÉ LA PAROLE POUR LA PREMIÈRE FOIS, IL SUAIT CARRÉMENT PAR LITRES ! ÇA GICLAIT PRESQUE, AHAH
T... TOI AUSSI TU PR...PRENDS LE BUS...?
COOL...
PUIS C'EST M... MON BUS PRÉFÉRÉ... IL A DES ROUES TROP... CANONS...
HEIN ?
IL A TOURNÉ GENRE 30 MILLIARDS DE FOIS AUTOUR DU POT AVANT DE M'EMMENER AU CINÉ !
SI TU AIMES LES FILMS... JE CONNAIS UN ENDROIT OÙ ON EN VOIT... SI TU AIMES, HEIN... MOI, J'IRAI DE TOUTE FAÇON ...
INVITE-MOI, J'SUIS D'ACCORD JE TE DIS !
ET SI JE N'AVAIS PAS INSISTÉ ON N'AURAIT JAMAIS ÉTÉ À LA PLAGE ENSEMBLE !
MOI AUSSI EN MAILLOT ?
OH, JE... J'AIME MIEUX ME BAIGNER HABILLÉ, T'SAIS !
TOUT EST SUUUPER LONG, GIIIGA COMPLIQUÉ, J'TE JURE, CÉCILE ! HEUREUSEMENT POUR LUI QU'IL EST ADORABLE !
AHAH ! T'AS RAISON !
IL SE DÉCOINCE UN PEU, NON ? IL T'A QUAND MÊME PROPOSÉ DE PIQUE-NIQUER !
OUI, ÇA PROGRESSE...
... MAIS CE SERA MIEUX QUAND ON POURRA S'ASSEOIR CÔTE À CÔTE !

Emporté par le courant

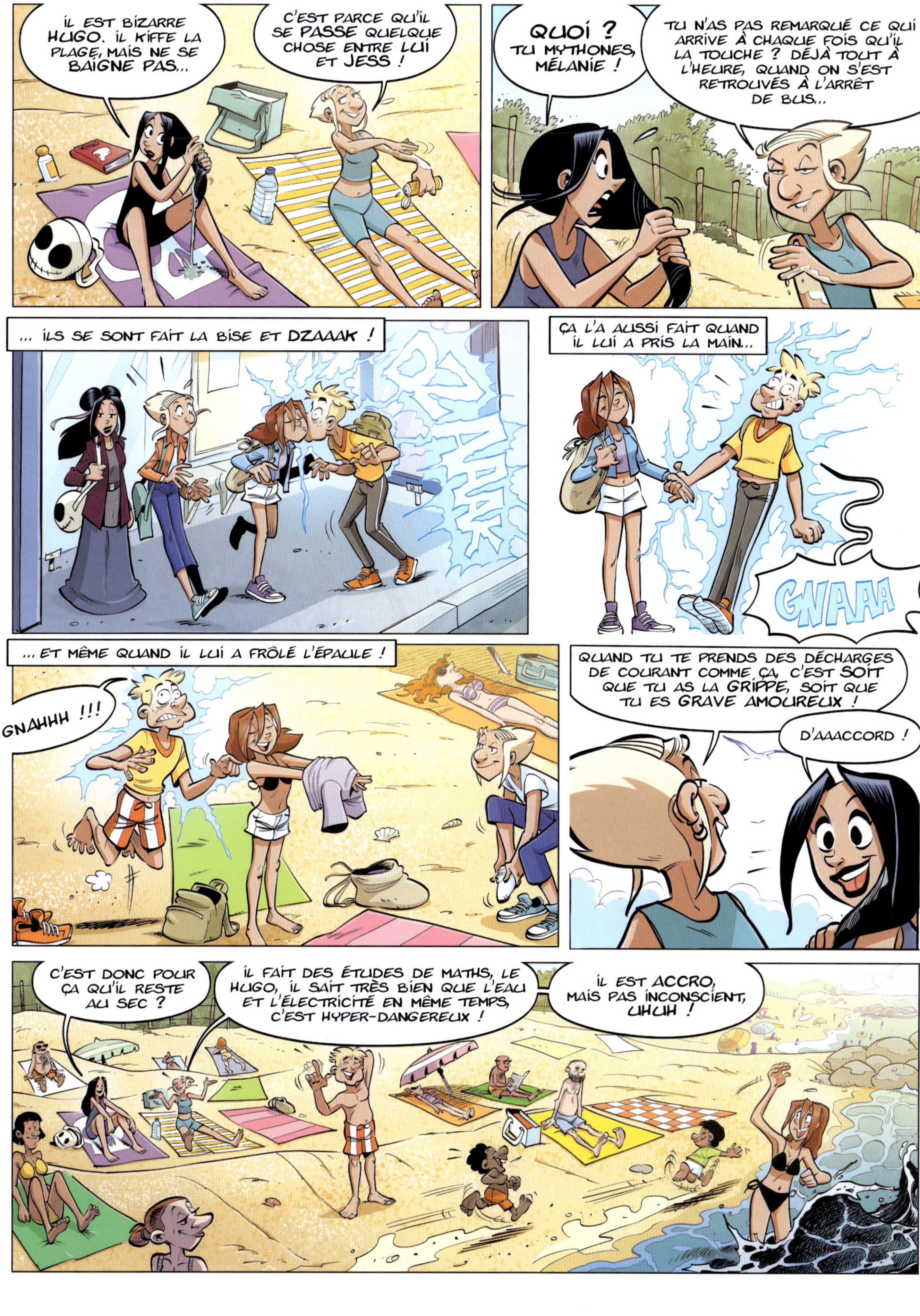

IL EST BIZARRE HUGO. IL KIFFE LA PLAGE, MAIS NE SE BAIGNE PAS...
C'EST PARCE QU'IL SE PASSE QUELQUE CHOSE ENTRE LUI ET JESS !
QUOI ? TU MYTHONES, MÉLANIE !
TU N'AS PAS REMARQUÉ CE QUI ARRIVE À CHAQUE FOIS QU'IL LA TOUCHE ? DÉJÀ TOUT À L'HEURE, QUAND ON S'EST RETROUVÉS À L'ARRÊT DE BUS...
... ILS SE SONT FAIT LA BISE ET DZAAAK !
ÇA L'A AUSSI FAIT QUAND IL LUI A PRIS LA MAIN...
GNAAA
... ET MÊME QUAND IL LUI A FRÔLÉ L'ÉPAULE !
GNAHHH !!!
QUAND TU TE PRENDS DES DÉCHARGES DE COURANT COMME ÇA, C'EST SOIT QUE TU AS LA GRIPPE, SOIT QUE TU ES GRAVE AMOUREUX !
D'AAACCORD !
C'EST DONC POUR ÇA QU'IL RESTE AU SEC ?
IL FAIT DES ÉTUDES DE MATHS, LE HUGO, IL SAIT TRÈS BIEN QUE L'EAU ET L'ÉLECTRICITÉ EN MÊME TEMPS, C'EST HYPER-DANGEREUX !
IL EST ACCRO, MAIS PAS INCONSCIENT, UHUH !

Génie pratique

... POUR UNE ROTATION "RO" DE 90° CENTRÉE À L'ORIGINE "O" DU PLAN CARTÉSIEN, LA RÈGLE EST "RO : (X,Y) → (-Y,X)"...
?
LES COP'S, C'EST QUOI DÉJÀ LA FORMULE POUR CALCULER LA SURFACE D'UN CYLINDRE ?
ATTENDS, ATTENDS, J'L'AI VUE Y A PAS DEUX MINUTES !
... ET DONC L'AXE DE SYMÉTRIE D'UN POLYNÔME D'ORDRE 2 SOUS LA FORME "AX² + BX + C"...
NAAAN ! NE ME DITES PAS QU'IL Y A UN CONTRÔLE DE MATHS JUSTE AVANT LES VACANCES ET QUE J'AI ZAPPÉ L'INFO ?!!
QUOI ? MAIS NON CÉCILE !
C'EST POUR NOUS QU'ON POTASSE, LÀ !
D'AILLEURS, C'EST LE MOMENT D'ALLER VÉRIFIER SI NOS CALCULS SONT CORRECTS !
EXACT, MÉLANIE !
ENCORE 3 MINUTES 20, LES COP'S... ENSUITE ON EFFECTUE UNE ROTATION DE 30° AXE SUD-SUD-EST !
UN PEU MOINS POUR JESS QUI A LES CUISSES PLUS FINES !
OUAIP CÉCILE, SI Y AVAIT OPTION BRONZAGE AU BAC, ON FERAIT UN CARTON !

Cop's story

LES COP'S ! J'AI PENSÉ À UN TRUC ! ET SI ON FAISAIT NOTRE PROPRE HISTOIRE NOUS-MÊMES ?
COMMENT ÇA, NOUS-MÊMES ?
BEN OUI, TOI, CÉCILE TU ÉCRIRAIS LE SCÉNARIO !
KARINE DESSINERAIT LES DÉCORS...
CHRISTY FERAIT LES MAQUILLAGES...
JESS, LA MISE EN SCÈNE...
MÉLANIE GÉRERAIT LES COSTUMES...
LA MUSIQUE, C'EST ROMANE QUI S'EN CHARGERAIT...
ET MOI, JE TIENDRAIS LE PREMIER RÔLE !!!
LA STAAAR, QUOI !
HÉ, MAIS, C'EST UNE SUPER IDÉE !
JE NE RECONNAIS PLUS NOTRE RONA !
C'EST CLAIR, STRUCTURÉ, ÇA TIENT LA ROUTE !
ON NOUS L'AURAIT CHANGÉE ?
PERSO J'ADORE TON IDÉE DE FAIRE UN FILM, RONA !
FILM ?
AH OUAIS, C'EST CARRÉMENT MIEUX ! FAISONS UN FILM ! MAIS ALORS, QUI ÉCRIRAIT L'HISTOIRE ?
ET POUR LES COSTUMES, LES DÉCORS ET TOUT ÇA ? HMM
AVEC RONA, LES ÉCLAIRS DE GÉNIE, ÇA NE DURE JAMAIS TRÈS LONGTEMPS !

Les vieilles news

LES COP'S, J'AI APPRIS UN TRUC QUI VA VOUS FAIRE HALLUCINER !
CDI
POP POP POP, LALY, QU'EST-CE QU'ON T'A DIT ?
TOUJOURS VÉRIFIER UNE INFO, JE SAIS ! ET C'EST CE QUE J'ALLAIS FAIRE !
NICKEL ! ON T'ATTEND ICI !
CDI
HORAIRES
CLIC
NEWS
JOURNAL
C'EST DU 100% SÛR, LES FILLES, ACCROCHEZ-VOUS !
QUOI ? QUE LE PROCHAIN "FAST & FASTIDIOUS" SERA TOURNÉ À DEUX PAS D'ICI ?
ON LE SAIT DÉJÀ !
TU NE VAS JAMAIS SUR LE NET OU QUOI ?

Le moi doute

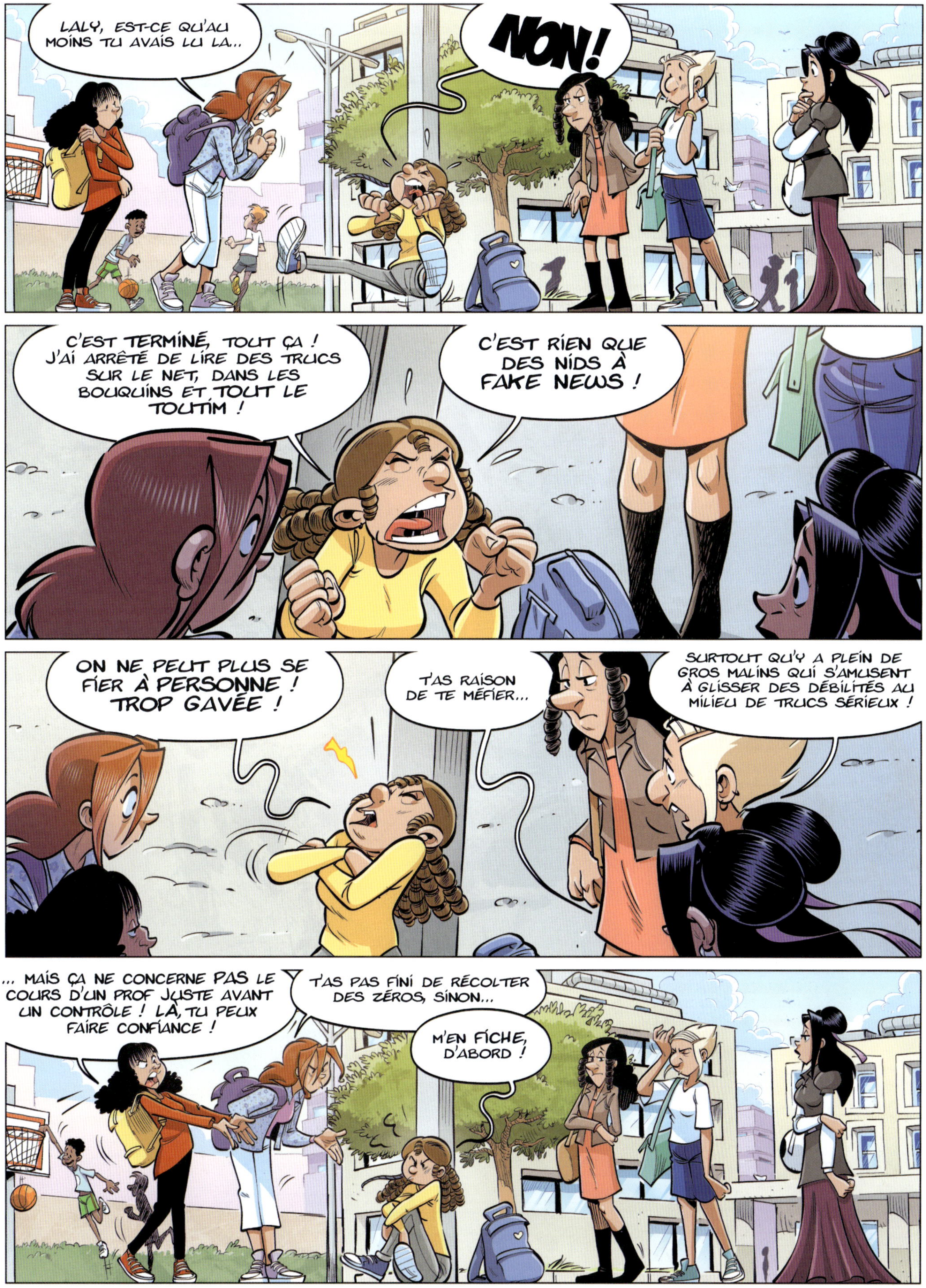
LALY, EST-CE QU'AU MOINS TU AVAIS LU LA...
NON !
C'EST TERMINÉ, TOUT ÇA ! J'AI ARRÊTÉ DE LIRE DES TRUCS SUR LE NET, DANS LES BOUQUINS ET TOUT LE TOUTIM !
C'EST RIEN QUE DES NIDS À FAKE NEWS !
ON NE PEUT PLUS SE FIER À PERSONNE ! TROP GAVÉE !
T'AS RAISON DE TE MÉFIER...
SURTOUT QU'Y A PLEIN DE GROS MALINS QUI S'AMUSENT À GLISSER DES DÉBILITÉS AU MILIEU DE TRUCS SÉRIEUX !
... MAIS ÇA NE CONCERNE PAS LE COURS D'UN PROF JUSTE AVANT UN CONTRÔLE ! LÀ, TU PEUX FAIRE CONFIANCE !
T'AS PAS FINI DE RÉCOLTER DES ZÉROS, SINON...
M'EN FICHE, D'ABORD !

Tel esprit qui croyait prendre

TOUSS TOUUS
KOF KOF KOF
ATCHAAAAA !!
MAIS ENFIN MURIELLE, KOF KOF... QU'EST-CE QUE TU AS FICHU ?
J'VOUS JURE QUE C'EST PAS FAIT EXPRÈS, LES COP'S ! TEUHEU !!
J'AVAIS LU QUE L'HUILE ESSENTIELLE DE BOULES DE PLATANE... KEUH HEUU... ÉTAIT TRÈS EFFICACE !
... POUR ASPHYXIER LES TAUPES ? TEUF TEUF !
NON, POUR CHASSER LES MAUVAIS ESPRITS ! RHMMM !
PURÉE ! TU M'AS GAVÉE AVEC TES SUPERSTITIONS, MUMU !
C'EST PAS DES SUPERSTITIONS ! C'EST CONNU QU'ON... TEUH TEUH... EST ENTOURÉS DE MAUVAIS ESPRITS... ALORS, IL NE FAUT PAS HÉSITER À S'EN DÉBARRASSER !
AH ÇA Y EST... ÇA SE DISSIPE... KEUF KEUF !
PUIS, J'EN AI TROP MARRE D'AVOIR DE MAUVAISES NOTES EN HISTOIRE !
PARCE QUE LÀ, TU PENSES QUE TU AURAS UNE BONNE NOTE ?

Non mais dicton !

MURIELLE, C'EST LA REINE DES DICTONS...
T'ES GENTILLE MURIELLE, MAIS ON AURAIT BIEN AIMÉ Y GOÛTER AUSSI !
... ELLE EST MÊME HYPER-BALAIZE POUR EN INVENTER !
MA GRAND-MÈRE DIT TOUJOURS "TOUS LES COOKIES DANS TON BIDON ÉLOIGNENT LES DÉMONS !"
"COMPTE COMBIEN TU AS DE DOIGTS ET AVALE AUTANT DE PARTS DE PIZZAS !"
T'ÉTAIS PAS OBLIGÉE DE COMPTER AUSSI TES ORTEILS...
"FINIS TOUTES LES GLACES ET JAMAIS TU NE PERDRAS LA FACE !"
NI L'APPÉTIT, APPAREMMENT !
TA MÈRE EST TROP SYMPA DE NOUS PAYER LE RESTO, CHRISTY !
C'ÉTAIT LE DEAL SI J'EXPLOSAIS MES NOTES AU PREMIER TRIMESTRE !
SUR LE NET, IL A 5 ÉTOILES, LES FILLES !
IL PARAÎT QUE LEURS TAPAS SONT À TOMBER !
EUH, PAR CONTRE, TU NE PEUX PAS VENIR, MUMU !
HEIN ? POURQUOI ?
TU SAIS CE QU'ON DIT, "QUATRE COP'S AU RESTO, DIRECT À L'HOSTO !"
C'EST TROP SÉRIEUX LES DICTONS !
ON NE PEUT PAS PRENDRE LE RISQUE !

La cop' en 4D

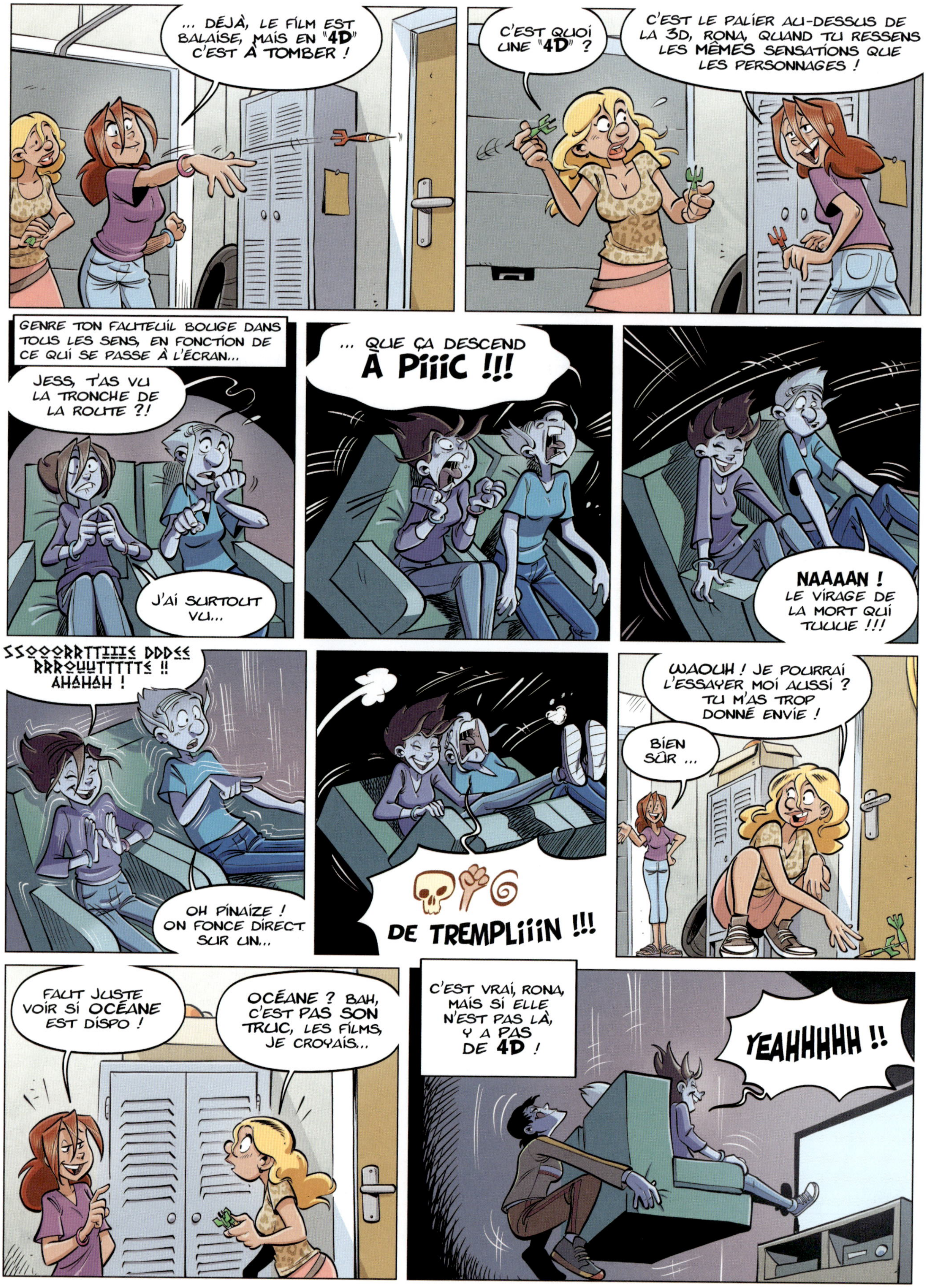

... DÉJÀ, LE FILM EST BALAISE, MAIS EN "4D" C'EST À TOMBER !
C'EST QUOI UNE "4D" ?
C'EST LE PALIER AU-DESSUS DE LA 3D, RONA, QUAND TU RESSENS LES MÊMES SENSATIONS QUE LES PERSONNAGES !
GENRE TON FAUTEUIL BOUGE DANS TOUS LES SENS, EN FONCTION DE CE QUI SE PASSE À L'ÉCRAN...
JESS, T'AS VU LA TRONCHE DE LA ROUTE ?!
J'AI SURTOUT VU...
... QUE ÇA DESCEND À PIIIC !!!
NAAAAN ! LE VIRAGE DE LA MORT QUI TUUUE !!!
SSOOOORRTIIIIE DDDEE RRROUUTTTTTE !! AHAHAH !
OH PINAIZE ! ON FONCE DIRECT SUR UN...
DE TREMPLIIIN !!!
WAOUH ! JE POURRAI L'ESSAYER MOI AUSSI ? TU M'AS TROP DONNÉ ENVIE !
BIEN SÛR ...
FAUT JUSTE VOIR SI OCÉANE EST DISPO !
OCÉANE ? BAH, C'EST PAS SON TRUC, LES FILMS, JE CROYAIS...
C'EST VRAI, RONA, MAIS SI ELLE N'EST PAS LÀ, Y A PAS DE 4D !
YEAHHHHH !!

À l'eau pizza

SOYEZ SYMPAS LES COP'S, NE METTEZ PAS HUGO MAL À L'AISE !
ON FERAIT ÇA, NOUS ?
JAMAÏÏS !
IL N'EST PAS DU TOUT DOUÉ POUR LES RELATIONS AVEC LES AUTRES... C'EST UN BLOC DE TIMIDITÉ À L'ÉTAT PUR, VOUS SAVEZ !
T'INQUIÈTE JESS, ON TE TAQUINE...
ON VA ÊTRE COOL !
BON... BONJOUR LES COP'S... J'AI APPORTÉ UNE PIZZA ...
TROP GENTIL, HUGO !
DONNE, JE VAIS LA POSER !
?
VUUUNG
BONG
BONG
PLOUF
IL EST PLUS DOUÉ QUE CE QUE TU PENSAIS, JESS !
OUAIP ! IL ARRIVE SUPER BIEN À SE METTRE MAL À L'AISE TOUT SEUL !

Chapeau bat

CE NE SONT QUE DES ÂNERIES CES HISTOIRES DE SUPERSTITIONS, MÉLANIE !
ME DIS PAS QUE TU Y CROIS !
BAH, CHAIS PAS TROP !
C'EST BASÉ SUR DES CROYANCES QUI DATENT DU MOYEN-ÂGE, MAIS ÇA N'A PAS UN POIL D'ONGLE D'EXPLICATION SCIENTIFIQUE !
RIEN !
POURQUOI EST-CE QUE ÇA PORTERAIT PLUS MALHEUR DE CROISER UN CHAT NOIR QU'UN DOBERMANN MARRON ?
OUI, C'EST SÛR QUE VU COMME ÇA...
HEIN ? VAS-Y, DIS-MOI !
PAREIL ! POUR QUELLE RAISON UN TRÈFLE À QUATRE FEUILLES PORTERAIT-IL PLUS BONHEUR QU'UNE TRANCHE DE SAUCISSON À L'AIL ?
OU QU'UN CACTUS EN POT ?
TIENS, ET CETTE HISTOIRE DE FER À CHEVAL QUI PORTE CHANCE ! J'ADORE !
TU EN CONNAIS BEAUCOUP, TOI, DES CANASSONS MILLIONNAIRES QUI NAVIGUENT SUR DES YACHTS ?
NON J'TE DIS... CE SONT DES GÉNÉRALITÉS QUI N'ONT AUCUNE LOGIQUE !
POURTANT, TOI-MÊME TU AS DIT À HUGO QUE ÇA PORTAIT MALHEUR DE S'ASSEOIR SUR UN CHAPEAU !
NON, S'ASSEOIR SUR MON CHAPEAU ! C'EST PAS UNE GÉNÉRALITÉ, ÇA !
GN'EST-CE QUI S'EST PASSÉ ?

Déprime à l'effort

MAIS POURQUOI EST-CE QUE TU N'ES PAS VENUE ME PARLER DIRECTEMENT À MOI ?!!!
AH OUI, C'EST VRAI QU'ON N'EST PAS AMIES ET QU'ON SE CONNAÎT À PEINE, J'AVAIS OUBLIÉ !
JE TE DIS QUE JE NE SAIS PAS CE QUI M'A PRIS, JESS.
OUPS, J'ARRIVE EN PLEINE SCÈNE DE MÉNAGE ?
C'EST DE MA FAUTE, CHRISTY... J'AI UN PETIT COUP DE MOU EN CE MOMENT... UNE BAISSE DE FORME, QUOI...
PFF !
... ET SI ELLE M'AVAIT DIT ÇA À MOI, JE L'AURAIS EMMENÉE AU CINÉ, OU ON SERAIT PARTIES SE REQUINQUER DANS LA FORÊT, SERRER DES CHÊNES DANS NOS BRAS ET TOUT ÇA !
ON SE SERAIT RACONTÉ DES BLAGUES DÉBILES, ON AURAIT ÉTÉ SE TAPER UN MAXI TOWER BURGER AVEC DOUBLE PORTION DE FRITES ! MAIS NON, ELLE A PRÉFÉRÉ ALLER VOIR AILLEURS ! BIEN JOUÉ, MÉLANIE !
J'AI PAS RÉFLÉCHI...
MAIS À QUI EST-CE QUE TU T'ES PLAINTE DE NE PAS AVOIR LA FORME, MÉLANIE ?
À OCÉANE... JE VAIS MOURIR, C'EST SÛR....
JE T'AI TAILLÉ UN PROGRAMME SUR MESURE, MÉLANIE !
SIX SÉANCES PAR SEMAINE PENDANT TROIS MOIS...
TU VAS PÉTER LE FEU COMME JAMAIS !

L'étirée ment

J'AI PRÉVU UNE PETITE SÉANCE DE CARDIO AUJOURD'HUI, ÇA VOUS BOTTE ?
LE CARDIO, C'EST QUAND TU SAUTES ET QUE TU COURS DANS TOUS LES SENS ? PAS TROP FAN, MOI !
ET QUAND TU DIS "PETIT", ON SAIT QUE NOUS, ÇA VA NOUS TUER GRAVE !
PAS DE SOUCI, PLUS COOL, ALORS...
VOUS PRÉFÉREZ QU'ON AILLE COURIR AUTOUR DE L'ÉTANG ? C'EST PAS VIOLENT, LA COURSE !
AH NON, PITIÉ, JE VAIS ENCORE SUER COMME UN POULET AU FOUR !
PAREIL, LA DERNIÈRE FOIS JE PUAIS TELLEMENT QUE MA MÈRE NE VOULAIT PAS M'OUVRIR LA PORTE D'ENTRÉE !
LE VÉLO ! L'AVANTAGE, C'EST QUE ÇA RENOUVELLE L'AIR DANS LES POUMONS !
C'EST GENTIL, MAIS JE L'AI RENOUVELÉ Y A PAS LONGTEMPS !
OUAIS, PUIS LE VÉLO, ÇA DÉRAILLE, ÇA CRÈVE, ÇA TOMBE DANS LES VIRAGES... GALÈRE, QUOI !
JE SUPPOSE QUE SI JE VOUS PROPOSE DE SE CRAMER LES CUISSES, CE SERA "NON" AUSSI ?
UHUH ! CRAMER SES CUISSES... UN MATIN... UN VRAI CLOWN C'TE OCÉANE !
ON T'ADORE ! AHAHAH !
DANS CE CAS, ON PEUT SIMPLEMENT S'ÉTIRER !
C'EST VRAI ?
C'EST CONSIDÉRÉ COMME DU SPORT ?
ÇA VOUS BRANCHE ? COOL !
CARRÉMENT !
TROP CONTENTE !
J'AI DIT ON S'ÉTIRE ! PAS ON "SE TIRE" !!!
ENFIN UNE ACTIVITÉ SPORTIVE QUI ME CONVIENT !
JE ME SENS DÉJÀ MIEUX !

Traction avant

COOL, LA SÉANCE DE SPORT EST ANNULÉE ? TU N'AS PAS PRIS TON MATÉRIEL DE TORTURE, OCÉANE !
DANS TES RÊVES !
TU N'AS PAS BESOIN D'ACCESSOIRES POUR FAIRE DU SPORT, MÉLANIE ! IL SUFFIT D'UTILISER TOUT CE QU'IL Y A AUTOUR DE TOI, REGARDE !
?
UN SIMPLE BANC EST IDÉAL POUR FAIRE DES POMPES, TU VOIS ? HOP ! ET HOP !
APRÈS, TU CHOISIS UNE BRANCHE PLUTÔT COSTAUDE ET TU ATTAQUES UNE SÉRIE DE TRACTIONS, COMME ÇA !
Y A PAS MAL D'EXERCICES POUR MUSCLER LES LOMBAIRES, POUR ÇA TU N'AS BESOIN QUE D'UN ROCHER UN PEU ARRONDI !
POUR RENFORCER TES BISCOTEAUX, SI TU N'AS PAS D'HALTÈRES TU LES REMPLACES PAR DE GROSSES PIERRES, OU UN BÂTON BIEN ÉPAIS...
OU TIENS, UN VÉLO !
ARRÊTE, OCÉANE, IL EST À QUELQU'UN CE VÉLO !
C'EST BON, JE NE VAIS PAS LE VOLER !
OUI, MAIS CE QUELQU'UN EST SUR LE VÉLO !
BAH OUI... HAN... TROP FACILE SINON... HAN...

Sport dating

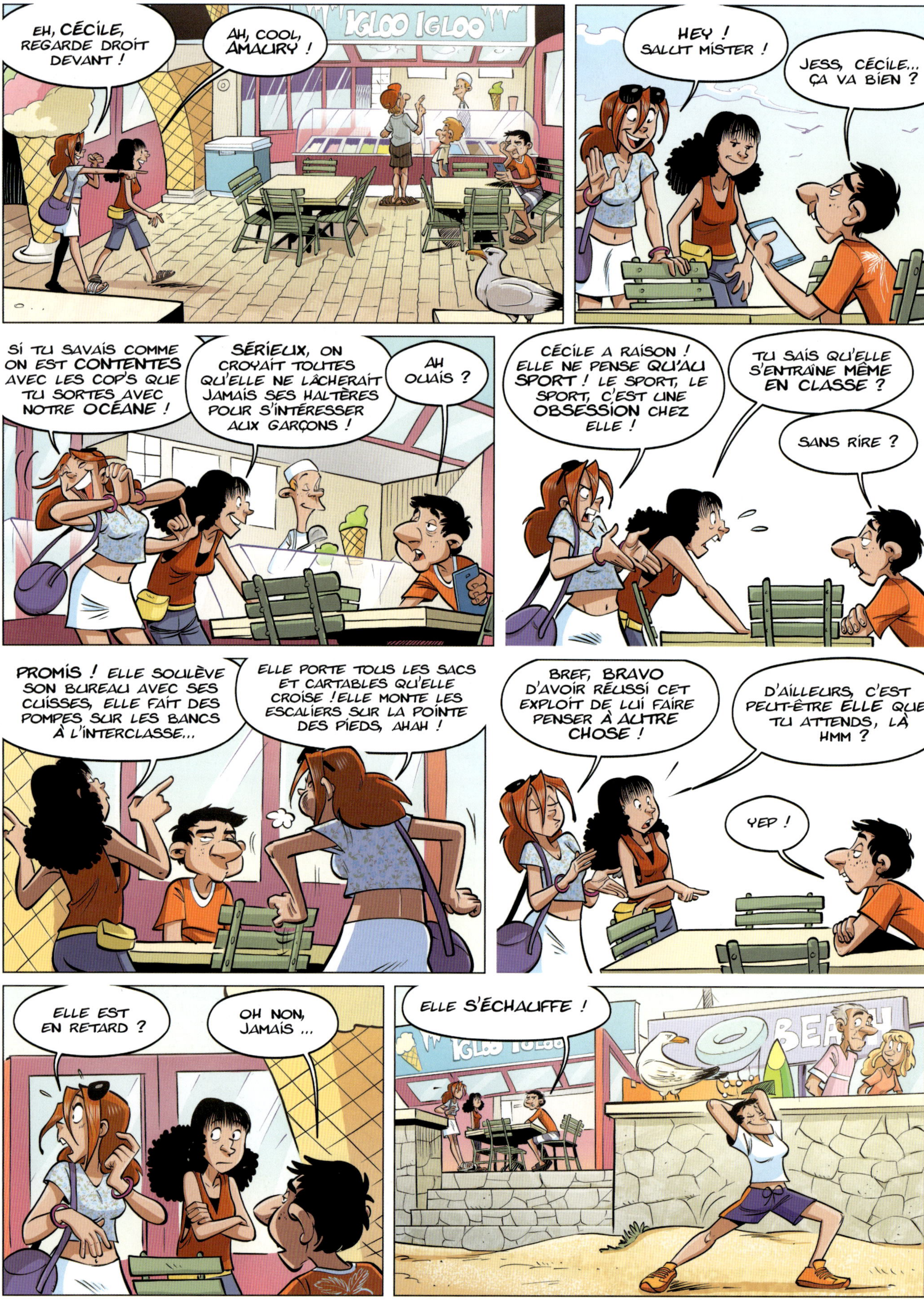
IGLOO IGLOO
EH, CÉCILE, REGARDE DROIT DEVANT !
AH, COOL, AMAURY !
HEY ! SALUT MISTER !
JESS, CÉCILE... ÇA VA BIEN ?
SI TU SAVAIS COMME ON EST CONTENTES AVEC LES COP'S QUE TU SORTES AVEC NOTRE OCÉANE !
SÉRIEUX, ON CROYAIT TOUTES QU'ELLE NE LÂCHERAIT JAMAIS SES HALTÈRES POUR S'INTÉRESSER AUX GARÇONS !
AH OUAIS ?
CÉCILE A RAISON ! ELLE NE PENSE QU'AU SPORT ! LE SPORT, LE SPORT, C'EST UNE OBSESSION CHEZ ELLE !
TU SAIS QU'ELLE S'ENTRAÎNE MÊME EN CLASSE ?
SANS RIRE ?
PROMIS ! ELLE SOULÈVE SON BUREAU AVEC SES CUISSES, ELLE FAIT DES POMPES SUR LES BANCS À L'INTERCLASSE...
ELLE PORTE TOUS LES SACS ET CARTABLES QU'ELLE CROISE ! ELLE MONTE LES ESCALIERS SUR LA POINTE DES PIEDS, AHAH !
BREF, BRAVO D'AVOIR RÉUSSI CET EXPLOIT DE LUI FAIRE PENSER À AUTRE CHOSE !
D'AILLEURS, C'EST PEUT-ÊTRE ELLE QUE TU ATTENDS, LÀ HMM ?
YEP !
ELLE EST EN RETARD ?
OH NON, JAMAIS ...
ELLE S'ÉCHAUFFE !

À cran total

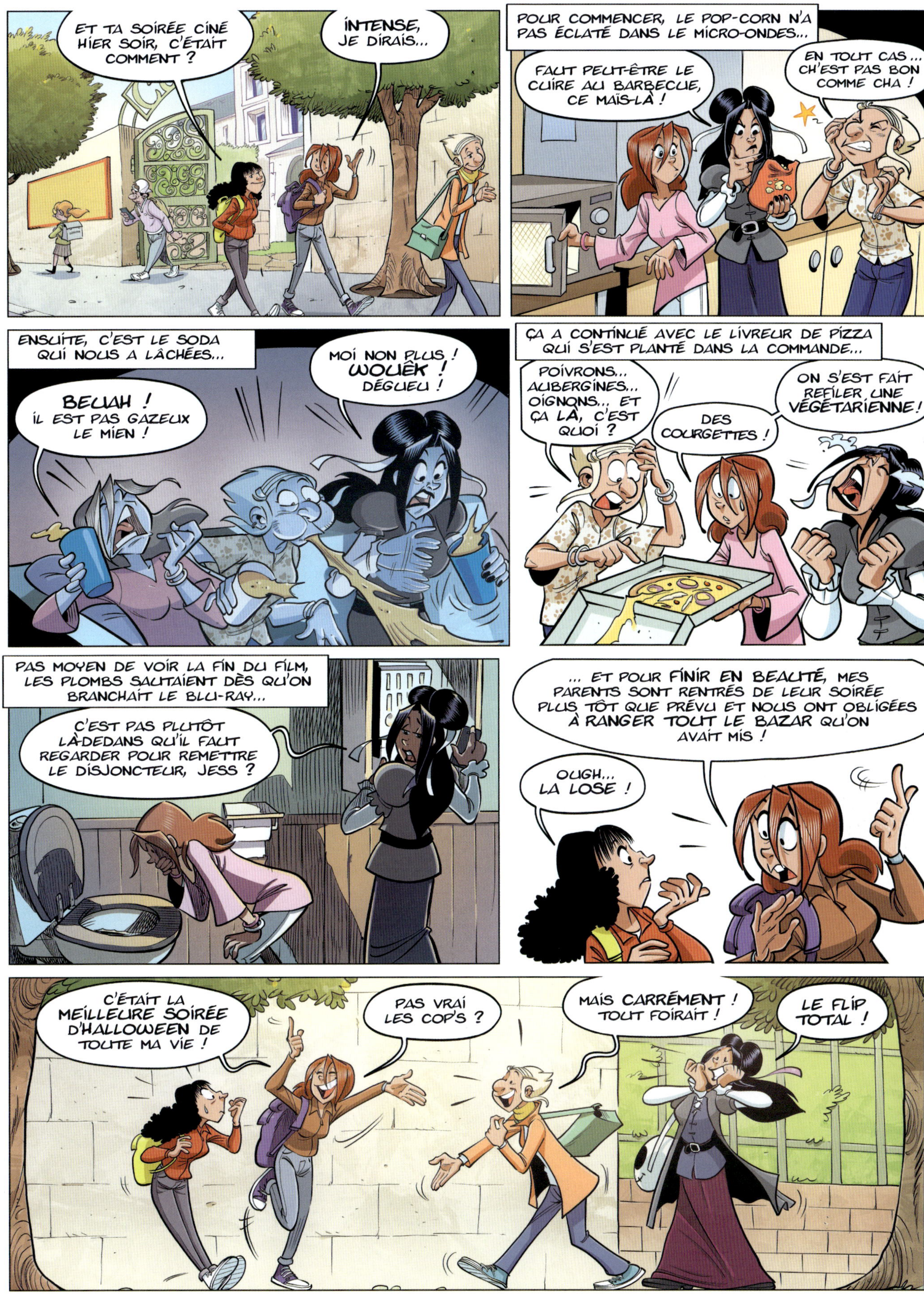

ET TA SOIRÉE CINÉ HIER SOIR, C'ÉTAIT COMMENT ?
INTENSE, JE DIRAIS...
POUR COMMENCER, LE POP-CORN N'A PAS ÉCLATÉ DANS LE MICRO-ONDES...
FAUT PEUT-ÊTRE LE CUIRE AU BARBECUE, CE MAÏS-LÀ !
EN TOUT CAS... CH'EST PAS BON COMME CHA !
ENSUITE, C'EST LE SODA QUI NOUS A LÂCHÉES...
BEUAH ! IL EST PAS GAZEUX LE MIEN !
MOI NON PLUS ! WOUÊK ! DÉGUEU !
ÇA A CONTINUÉ AVEC LE LIVREUR DE PIZZA QUI S'EST PLANTÉ DANS LA COMMANDE...
POIVRONS... AUBERGINES... OIGNONS... ET ÇA LÀ, C'EST QUOI ?
DES COURGETTES !
ON S'EST FAIT REFILER UNE VÉGÉTARIENNE !
PAS MOYEN DE VOIR LA FIN DU FILM, LES PLOMBS SAUTAIENT DÈS QU'ON BRANCHAIT LE BLU-RAY...
C'EST PAS PLUTÔT LÀ-DEDANS QU'IL FAUT REGARDER POUR REMETTRE LE DISJONCTEUR, JESS ?
... ET POUR FINIR EN BEAUTÉ, MES PARENTS SONT RENTRÉS DE LEUR SOIRÉE PLUS TÔT QUE PRÉVU ET NOUS ONT OBLIGÉES À RANGER TOUT LE BAZAR QU'ON AVAIT MIS !
OUGH... LA LOSE !
C'ÉTAIT LA MEILLEURE SOIRÉE D'HALLOWEEN DE TOUTE MA VIE !
PAS VRAI LES COP'S ?
MAIS CARRÉMENT ! TOUT FOIRAIT !
LE FLIP TOTAL !

Sans filtre

T'ES LOURDE, RONA ! C'ÉTAIT TON TOUR DE NOUS APPORTER UN FILM POURRI !
J'AI ZAPPÉ, JESS...
SURTOUT QUE SAMEDI DERNIER, CHRISTY AVAIT MIS LA BARRE TRÈS HAUT AVEC "L'ATTAQUE DE LA MOUSSAKA GÉANTE" !
ET LE FILM HONGROIS DE MÉLANIE ? 6 HEURES DE GROS PORTNAWAK !
BREF, GRÂCE À TOI, RONA, ON EST PRIVÉES DE NOTRE BOUSE HEBDOMADAIRE !
ON VA DEVOIR SE TAPER UN BON FILM... LA LOSE !
ATTENDEZ ! J'AI FAIT DES VIDÉOS AVEC MON TÉL !
COMME QUAND J'ÉTAIS AU SKI AVEC TOUTES CES STARS DE CINÉ !
... OU ENCORE MES VACANCES AUX BAHAMAS AVEC MA COUSINE, LA TOP MODEL !
TU TE FICHES DE NOUS ?!
C'EST TOUT SAUF NUL, ÇA !
AU CONTRAIRE ! ÇA VA NOUS DÉGOÛTER...
... ET NOUS FILER DES COMPLEXES !
J'VOUS PROMETS QUE NON...
REGARDEZ !
VOUS VOYEZ, AU SKI J'AI TOUT FILMÉ AVEC UN DOIGT SUR L'OBJECTIF !
PIS AUX BAHAMAS, J'AVAIS OUBLIÉ DE VIRER LE FILTRE "GROSSES FESSES" !
AHAHAH ! NUL DE CHEZ NUL !
T'ES LA MEILLEURE, RONA !

Vous aimerez aussi…

PRETTY

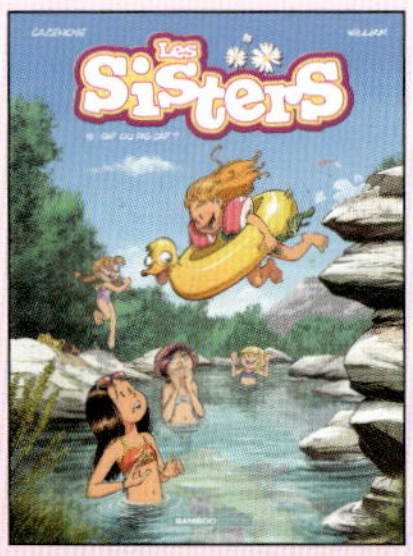
Les Sisters

Les Sisters • 16 tomes
Scénario : Cazenove & William
Dessins : William TOME 16 NOV. 21

Cath & son chat

Cath et son chat • 9 tomes
Scénario : Cazenove & Richez
Dessins : Ramon

Studio Danse

Studio Danse • 12 tomes
Scénario : BeKa
Dessins : Crip

Les Amies de papier

Les Amies de papier • 5 tomes
Scénario : Cazenove & Chabbert
Dessins : Cécile

Le Blog de Cléo

Le Blog de… Cléo • 4 tomes
Scénario : BeKa
Dessins : G. Mabire

BAMBOO ÉDITION

À découvrir au rayon BD

Boulard
8. En mode couple

Boulard • 8 tomes
Scénario : Erroc
Dessins : Stédo

Les PROFS
TOME 24

Les Profs • 24 tomes
Scénario : Erroc & Sti
Dessins : Léturgie
TOME 24 NOV. 21

LES GENDARMES
Silence, ça tourne !

Les Gendarmes • 17 tomes
Scénario : Sulpice & Cazenove
Dessins : Jenfèvre TOME 17 OCT. 21

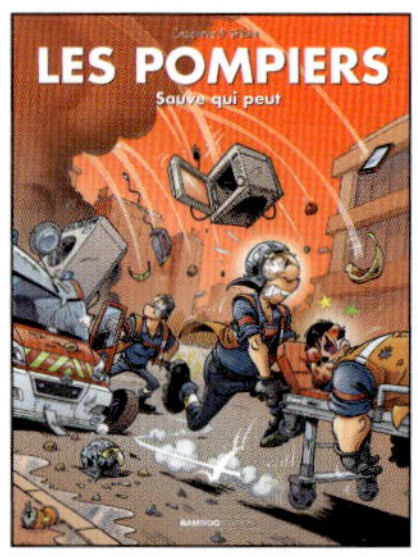
LES POMPIERS
Sauve qui peut

Les Pompiers • 20 tomes
Scénario : Cazenove
Dessins : Stédo

LES RUGBYMEN
À PARTIR DE MAINTENANT, ON FAIT COMME D'HABITUDE !

Les Rugbymen • 19 tomes
Scénario : BeKa
Dessins : Poupard

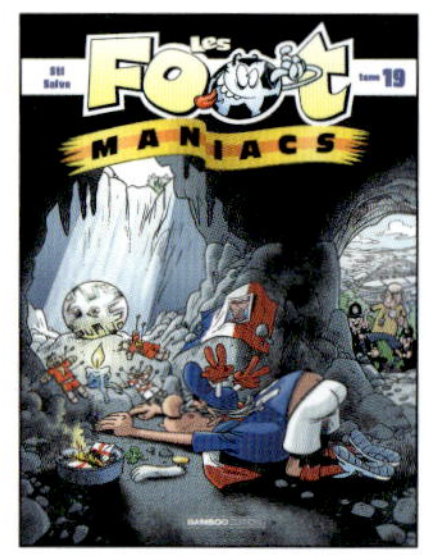
Les FOOT MANIACS

Les Footmaniacs • 19 tomes
Scénario : Sti
Dessins : Saive

LES FONDUS DE VOITURES DE COLLECTION

Voitures de collection • 2 tomes
Scénario : Richez & Cazenove
Dessins : Bloz

DINO PARK

Dino park • 1 tome
Scénario : Plumeri
Dessins : Bloz

LE ZOO DES ANIMAUX DISPARUS

Zoo des animaux disparus • 2 tomes
Scénario : Cazenove / Dessins : Bloz

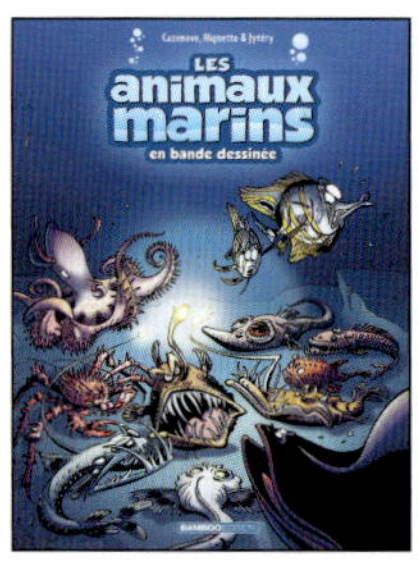
LES animaux marins en bande dessinée

Les Animaux marins en BD • 6 tomes
Scénario : Cazenove
Dessins : Jytéry

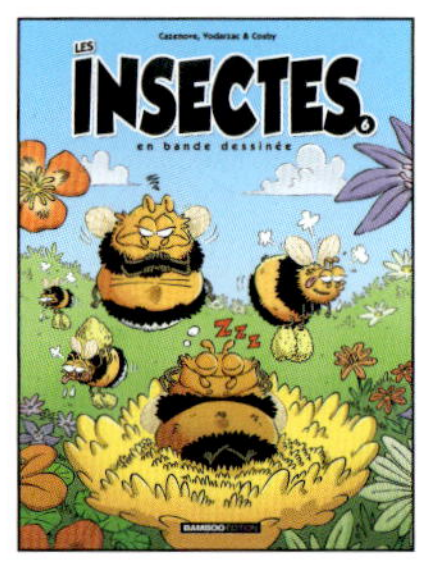
LES INSECTES en bande dessinée

Les Insectes en BD • 6 tomes
Scénario : Cazenove & Vodarzac
Dessins : Cosby

Les oiseaux en bande dessinée

Les Oiseaux en BD • 2 tomes
Scénario : Garréra
Dessins : Sirvent

Triple Galop

Triple Galop • 16 tomes
Scénario : Cazenove & Du Peloux
Dessins : Du Peloux

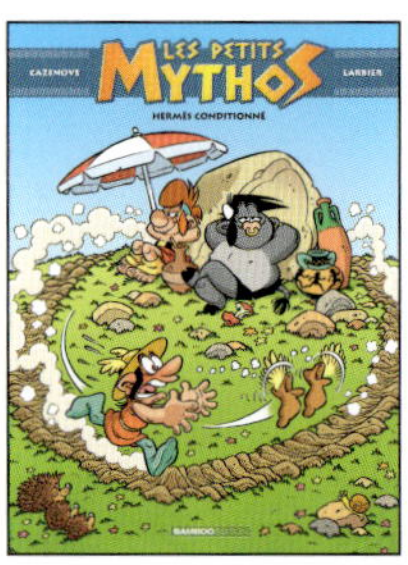
LES PETITS MYTHOS

Les Petits Mythos • 12 tomes
Scénario : Cazenove
Dessins : Larbier
TOME 12 OCT. 21

PHOTO DE FAMILLE RE COM PO SÉE

Photo de famille recomposée • 2 tomes
Scénario : Sti / Dessins : Armelle

Pilo

Pilo • 4 tomes
Scénario : Mariolle
Dessins : Mariolle

Super environman

Super Environman • 2 tomes
Scénario : Madaule
Dessins : Priou

BOULE À ZÉRO

Boule à zéro • 9 tomes
Scénario : Zidrou
Dessins : Ernst

Retrouvez les actualités, infos et extraits de nos séries sur www.bamboo.fr